Ebenfalls im avant-verlag von Anneli Furmark erschienen:

Bring mich noch zur Ecke
ISBN: 978-3-96445-066-1
25,00 €

ROTER WINTER
Text und Zeichnungen: Anneli Furmark
Originaltitel: Den Röda Vintern
Übersetzung aus dem Schwedischen von Katharina Erben

Lektorat: Johann Ulrich
Korrekturen: Stephan Pless
Lettering und Herstellung: Tinet Elmgren
Herausgeber: Johann Ulrich

ISBN: 978-3-96445-120-0
© Anneli Furmark, 2020
© Ordfront/Galago for the original Swedish Edition, 2020
All Rights reserved
Translation made in arrangement with AM-Book Inc. (www.am-book.com)
© für die deutsche Ausgabe, avant-verlag 2024

Diese Publikation wurde vom schwedischen Kulturrådet gefördert. Herzlichen Dank!

KULTURRÅDET

avant-verlag GmbH | Weichselplatz 3-4 | 12045 Berlin
info@avant-verlag.de

Mehr Informationen & kostenlose Leseproben finden Sie online:
www.avant-verlag.de
facebook.com/avant-verlag
instagram.com/avant_verlag

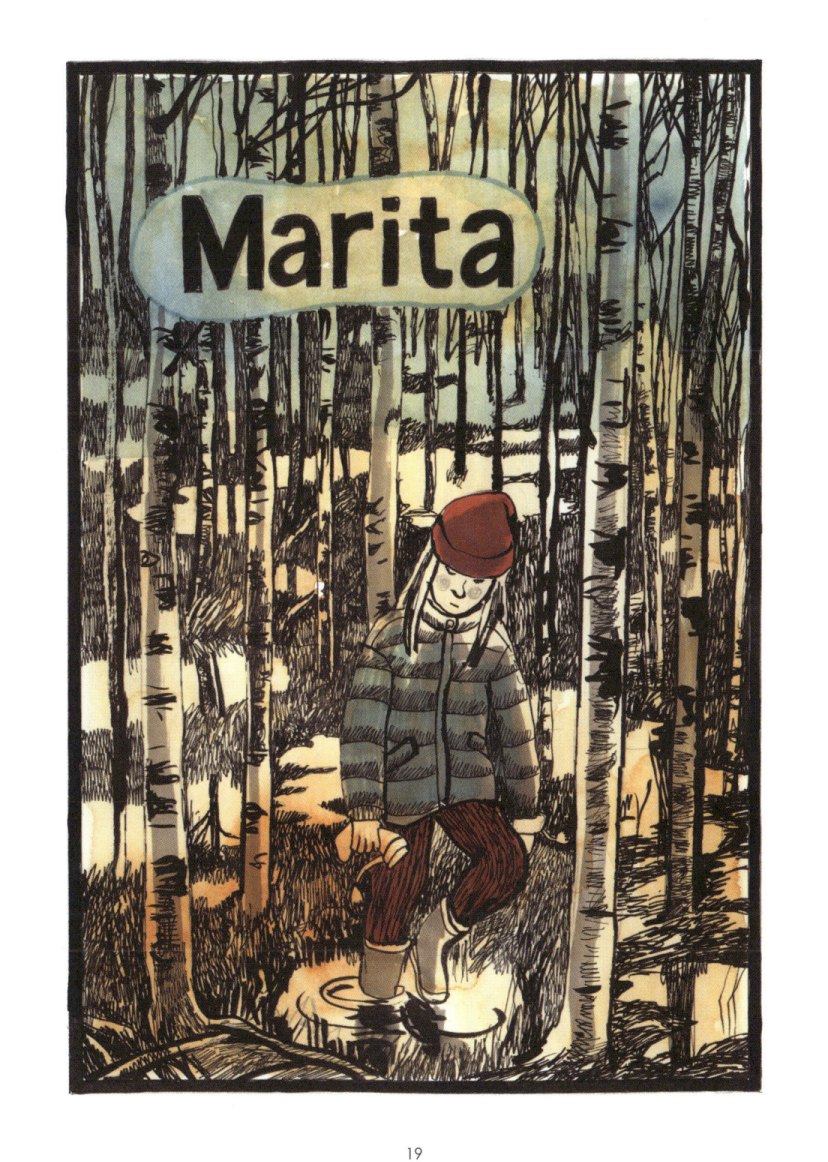

Anneli Furmark wurde 1962 in Vallentuna geboren und wuchs in Luleå auf. Heute lebt und arbeitet die Schwedin in Umeå, wohin sie 1991 zog, um an der Kunstakademie Umeå (MFA) zu studieren. Nach ihrem Studium konzentrierte sie sich auf Malerei, bewahrte sich aber eine große Leidenschaft für das Zeichnen und Schreiben. Es entstand ihre erste Graphic Novel *Labyrinterna och andra serier* (2002), die vom Aufwachsen in einer Kleinstadt im Norden Schwedens handelt. Ein Thema, auf das sie in vielen ihrer Bücher immer wieder zurückkommt, in denen die Landschaft, die Menschen und auch die Musik eine wichtige Rolle spielen.

Sie hat bisher sieben Graphic Novels veröffentlicht, die in zahlreiche Sprachen übersetzt worden sind. In deutscher Sprache ist *Bring mich noch zur Ecke* in April 2022 im avant-verlag erschienen.

Furmark wurde bereits viermal mit dem schwedischen Comicpreis *Urhunden* und zweimal auf dem Kemi Festival in Finnland ausgezeichnet. Ihre Arbeiten sind neben Schweden auch in Kanada, Finnland, den Niederlanden und verschiedenen schwedischen Zeitungen veröffentlicht worden. *Roter Winter/Hiver Rouge* war in der *Sélection Officielles des Festival International de la BD* in Angoulême.